사랑은 지옥에서 온 개

사랑은 지옥에서 온 개

찰스 부코스키

황소연 옮김

LOVE IS A DOG FROM HELL
Charles Bukowski

SELECTED POEMS 1
by Charles Bukowski

치례

and the moon and the stars and the world

long walks at night
that's what good for the soul:
peeking into windows
watching tired housewives
trying to fight off
their beer-maddened husbands.

그리고 달, 그리고 별늘, 그리고 세상

긴 밤산책은
영혼의 양식
이 집 저 집 창문 안을 흘끔거리면
지친 아내들이 맥주에 발동 걸려
달려드는 남편을 물리치느라 애먹는 광경을
구경할 수 있지.

red Mercedes

naturally, we are all caught in
downmoods, it's a matter of
chemical imbalance
and an existence
which, at times,
seems to forbid
any real chance at
happiness.

I was in a downmood
when this rich pig
along with his blank
inamorata
in this red Mercedes
cut
in front of me
at racetrack parking.

It clicked inside of me
in a flash:
I'm going to pull that fucker
out of his car and

빨간 메르세데스

누구나
저기압일 때가
있어
화학적 불균형 때문에.
가끔은 요것이
행복을 가로막는
진짜 걸림돌이
아닌가 싶어.

그렇게 저기압일 때였어,
경마장 주차장에서
돈 많은 돼지 놈이
맹추 애인을 옆에 태우고
빨간 메르세데스를
몰아
내 앞으로
끼어든 게 말이지.

불쑥
치솟는
생각이,
저 등신 새끼를

kick his

ass!

I followed him

into Valet parking

parked behind him

and jumped from my

car

ran up to his

door

and yanked at

it.

it was

locked.

the

windows were

up.

I rapped on the window

on his

side:

"open up! I'm gonna

차에서 끌어내려
엉덩짝을 차 주리라!

나는
발레파킹까지
놈을 따라가
놈의 뒤에
차를 대고는
차에서
뛰어내려
달려가서는
놈의 차 문을
잡아당겼어.
문은
잠겨 있었어.
창문도
닫혔고.

그래서 그놈
옆의 창문을
두드렸지.
"문 열어! 네놈

bust your
ass!"

he just sat there
looking straight
ahead.
his woman did
likewise.
they wouldn't look
at me.

he was 30 years
younger
but I knew I could
take him
he was soft and
pampered.

I beat on the window
with my
fist:
"come on out, shithead,

엉덩짝을 박살 내
줄 테다!"

놈은 그냥 앉아서
앞만
처다보더군.
놈의 여자도
그랬고.
년놈이 나를 아예
처다보지도 않더라고.

놈은 나보다 서른 살은
어렸지만
놈을 패 줄
자신 있었어
말랑말랑한
응석받이 새끼쯤이야.

그래서
주먹으로
창문을 팡팡 쳤지.
"빨랑 나와, 똥싸개야,

or I'm going to start
breaking
glass!

he gave a small nod
to his
woman.

I saw her reach
into the glove
compartment
open it
and slip him the
.32

I saw him hold it
down low
and snap off the
safety.

I walked off
toward the

유리
다 때려 부수기
전에!"

놈이
제 여자한테
슬쩍 고갯짓을 하대.

여자가 손을
수납칸으로 뻗어
열더니
놈에게 건네줬어
32구경
권총을.

놈이 그걸 들고
아래를 겨냥한 채
안전장치를
푸는 게 보였어.

썩을,
나는 회관 쪽으로

clubhouse, it looked
like a damned good
card
that
day.

all I had to do
was
be there.

후퇴했어
그러는 게
무조건
상책
같아서.

그냥 그렇게
거기
있을 수밖에.

the man in the brown suit

fuck, he was small
maybe 5-3,
135 pounds,
I didn't like
him,
he sat there at this desk
at the
bank
and as I waited in line
he seemed to have a way
of glancing at
me
and I stared
back,
I don't know what
It was
That caused the
animosity.
he had this little mustache
that drooped
at the ends,
he was in his mid-forties

갈색 양복의 사내

좆만이.
160 남짓한 키에
몸무게 60킬로그램쯤
나는 그 사내가
영 못마땅했다.
그자는
그 은행
자기 책상에 앉아 있었는데,
줄을 서서 기다릴 때면
어쩐지 그자가
나를
흘끔거리는 것 같아서
나도 그쪽을
빤히 쳐다보았다.
무엇이
그런 반감을
자극했는지는
모르겠다.
양 끝이
축 처진
빈약한 콧수염,
사십 대 중반의 나이,

and like most people who worked
in banks
he had a non-committal
yet self-important
personality

one day I almost went
over the railing
to ask him
what the hell
was he looking
at?

today I went in
and stood in line
and saw him leave his
desk.
one of the lady tellers was
having a problem
with a man
at her
window

은행원들이
대개 그렇듯
그자는 뺀질거리고
제 잘난 맛에 사는
분위기를 풍겼다.

어느 날은 하마터면
난간을 넘어 들어가
그자에게 따질 뻔했다
대체 뭘 그리
쳐다보는 거야
엉?

오늘 은행 안으로 들어가
줄을 서 있는데
그자가
책상을
떠나는 게 보였다.
한 여자 은행원이
창구
앞의
한 남자 때문에

and the man

in the brown suit

began to hold

counsel with both of

them,

suddenly

the man in the brown suit

vaulted the

railing

got behind the other

man

wrapped his arms

about him

then dragged him along

to a latch

entrance

along the railing

reached over

unhooked the latch

while still managing to

hold the

man.

쩔쩔매고 있었다.
갈색 양복의
그 사내는
두 군데
상담을
중단시키기 시작했다.
별안간
갈색 양복의 사내는
난간을 훌쩍
뛰어넘어
그 남자의
뒤로 돌아가
양팔로
남자를 감싸더니
걸쇠가 달린
문 쪽으로
남자를 질질
끌어내고는
손을 내밀어
문의 걸쇠를 풀었다
내내 남자를
붙잡은 채로.

then he dragged him
in there
latched the
gate
and while holding the
man
he told one of the
girls,
"Phone the
police."

the man he was holding was
about 20, black, a good 6-2,
maybe 190 pounds,
and I thought, hey,
break loose, man, jail is a
long time.

but he just stood
there
being

그러고는 남자를 끌고
안으로 들어가서
문을
잠그고는
남자를
붙잡은 채
한 여직원에게
말했다,
"경찰에
연락해."

사내가 붙잡은 남자는
스무 살쯤 된 흑인으로 188에
85킬로그램은 족히 돼 보여서
나는 생각했다, 어이,
도망가, 이 친구야, 감옥에선
시간이 안 간단 말이야.

하지만 청년은
붙잡힌 채
거기에

held.

I left before the
police
arrived.

the next time
I went to the bank
the man in the brown suit
was behind his
desk.
and when he glanced at
me
I smiled just a
little.

서 있었다.

경찰이 도착하기 전에
나는 자리를
떴다.

나중에
그 은행에 가 보니
갈색 양복의 사내는
책상에
앉아 있었다.
그자가 나를
흘끔거리길래
슬며시
웃어 주었다.

helping the old

I was standing in line at the bank today
when the old fellow in front of me
dropped his glasses (luckily, within the
case)
and as he bent over
I saw how difficult it was for
him
and I said, "wait, let me get
them…"
but as I picked them up
he dropped his cane
a beautiful, black polished
cane
and I got the glasses back to him
then went for the cane
steadying the old boy
as I handed him his cane.
he didn't speak,
he just smiled at me.
then he turned
forward.

노인을 돕는다는 것

오늘 은행에서 줄을 섰을 때
내 앞에 서 있던 영감님이
안경을 떨어뜨렸다 (다행히
안경은 안경집 안에 있었다)
영감님이 몸을 숙이는데
하도 힘들어 보이길래
말했다,
"잠깐만요, 제가
주워 드리죠……"
하지만 내가 안경을 주웠을 때
영감님은 지팡이를 떨어뜨렸다.
반들반들 윤이 나는 까맣고 아름다운
지팡이.
나는 안경을 돌려주고는
지팡이를 주워
건네면서
영감님을 안심시켰다.
영감님은 아무 말없이
나를 보며 미소를 지었다.
그러고는 돌아서서
앞으로 갔다.

I stood behind him waiting
my turn.

나는 그의 뒤에 서서 기다렸다
내 차례가 오기를.

together

HEY, I hollered across the
room to her,
DRINK SOME WINE OUT OF
YOUR SHOE!

WHY? She
Screamed.

BECAUSE THIS USELESSNESS
NEEDS SOME
GAMBLE!
I yelled
back.

HEY, the guy in the next
apartment beat on the
wall, I'VE GOT TO GET UP
IN THE MORNING AND GO
TO WORK SO FOR CHRIST'S
SAKE, SHUT
UP!

피차

이봐, 하고 나는 방 건너편
그녀에게 고함을 질렀다,
신발에 와인 좀 따라서
쭉 들이켜 봐!

왜? 그녀가
악을 썼다.

헛짓거리를 하려거든
도박도
해 가면서 하자고!
나는 소리쳐
응수했다.

여보셔, 하고 옆집 남자가
아파트 벽을 쾅쾅 쳤다,
나 새벽에
일어나
일하러 가야 한단 말이오,
제발 좀,
닥쳐요!

he damn near broke the wall
down and had a most
voice.

I walked over to
her, said, listen, let's
be quiet, he's got some
rights.

FUCK YOU, YOU ASSHOLE!
She screamed
at me.

the guy began pounding
on the wall
again.

she was right and he was
right.

I walked the bottle over
to the window and

그는 벽을 무너뜨릴 기세로
목청껏 고래고래
소리를 질렀다.

나는 그녀에게 건너가서
말했다, 저기, 조용히 하자,
저 사람한테도
권리가 있어.

지랄하지 마, 등신아!
그녀가 나한테
빽 소리를 질렀다.

옆집 남자가 팡팡
다시
벽을 때리기 시작했다.

이 여자도 옳고
저 남자도 옳다.

나는 술병을 들고
창가로 가서

looked out into the
night.

then I had a good roaring
drink
and I thought, we are all
doomed
together, that's all there is
to
it. (that's all there was
to that particular drink, just
like all the
others.)

then I walked
back to her and
she was asleep in
her
chair.

I carried her to
the bed

밤풍경을
내다보았다.

그러다 한 모금 쭉
들이켜고는
생각했다, 우린
피차
끝났구나,
막다른
골목이야. (술도
바닥났다,
다른 것들이 죄다
그렇듯)

그녀에게
돌아갔더니
그녀는
자기
의자에서 잠들어 있었다.

나는 그녀를
침대로 옮겨다 놓고

turned out the

lights

then sat in the

chair by the

window

sucking at the

bottle, thinking,

well, I've gotten

this far

and that's

plenty.

and now

she's sleeping

and

maybe

he can

too.

불을
끄고는
창가의
의자에
앉아
술병을 빨며
생각했다,
그래, 여기까지
왔으니
할 만큼
했어.

이제
여자가 잠들었으니
그럼
옆집 남자도
잘 수
있겠군.

I'm not a misogynist

more and more
I get letters from
young ladies:

"I'm a well-built 19
am between jobs and
your writing turns me
on
I'm a good housekeeper
and secretary and
would *never* get in
your way
and
would send a
photo but that's
so tacky …"

"I'm 21
tall and attractive
have read your books
I work for a
lawyer and

나는 여성혐오자가 아니에요

젊은 여성들한테서
점점 더 많은
편지가 온다.

"저는 탄탄한 몸매에 열아홉 살이고
일은 잠깐 쉬고 있어요
작가님의 글은 저를
흥분시켜요
저는 집안일도
비서 일도 잘하고
절대
거치적대지 않아요
그리고
사진 한 장
보내요,
촌스럽긴 하지만……"

"저는 스물한 살이고
큰 키에 매력적이에요
작가님의 책을 읽었어요
변호사 사무실에서
일하고 있고요

if you're ever in

town

please call me."

"I met you

after your reading

at the Troubadour

we had a night

together

do you remember?

I married

that man

you told me had a

mean voice

when you phoned and

he answered

we're divorced now

I have a little

girl

age 2

I am no longer in

the music

제가 사는 곳에
오시면
연락 주세요."

"투르바도어에서
작가님의 낭독회가 끝나고
뵌 적 있어요
그때 밤을 함께 보냈는데
단둘이
기억나세요?
저 결혼했었는데
선생님이 전화하셨을 때
전화 받은 남자
목소리가 야비하다고
말씀하신
그 남자랑은
이혼했어요
어린 딸이
하나 있는데
두 살이에요
지금은
음악 업계를

business but
miss it
would like to
see you
again..."

"I've read
all your books
I'm 23
not much
breast
but have *great*
legs
and
just a few
words
from you
would mean
so much
to me..."

girls

떠났지만
그때가 그립네요
다시 한 번
작가님을
만나고 싶어요……"

"작가님의 책을
모두 읽었어요
저는 스물세 살이고
가슴은
아담하지만
다리는
잘빠졌어요
그리고
단 몇 마디라도
작가님의
말씀은
제게
크나큰
의미가 될 거예요……"

여성분들

please give your

bodies and your

lives

to

the young men

who

deserve them

besides

there is

no way

I would welcome

the

intolerable

dull

senseless hell

you would bring

me

and

I wish you

luck

부디 그대의
몸과 그대의
인생을
그것에
걸맞은
젊은 남자들에게
주세요

그리고
그대들이
내게 떠안기는
미치고 팔짝 뛰게
지루하고
몰지각한
생지옥은
도무지
달갑지가
않아요

그리고
행운을
빌어요

in bed
and
out

but not
in
mine

thank
you.

침대 안에서든
또는
밖에서든

근데
내 침대는
빼 주시고.

고마
워요.

you

you're a beast, she said
your big white belly
and those hairy feet.
you never cut your nails
and you have fat hands
paws like a cat
your bright red nose
and the biggest balls
I've ever seen.
you shoot sperm like a
whale shoots water out of the
hole in its back.

beast beast beast,
she kissed me,
what do you want for
breakfast?

당신

그녀가 말했다, 당신은 짐승이야,
커다랗고 하얀 배도 그렇고
털북숭이 발도 그렇고
손발톱은 깎을 줄 모르지
투실투실한 손은
고양이 발 같지
그 빨간 코랑
그렇게 큰 불알은
보다 보다 처음 봐.
정액을 발사할 땐
등의 구멍으로 물 밖을 향해
발사하는 고래 같아.

짐승 짐승 짐승,
그녀가 내게 키스했다,
아침밥
뭐 해 줄까요?

the escape

escape from the black widow spider
is a miracle as great as art.
what a web she can weave
slowly drawing you to her
she'll embrace you
then when she's satisfied
she'll kill you
still in her embrace
and suck the blood from you.

I escaped my black widow
because she had too many males
in her web
and while she was embracing one
and then the other and then
another
I worked free
got out
to where I was before.

탈출

검은 과부 거미*한테서 탈출하기란
예술에 버금가는 대단한 기적.
그녀는 거미줄로
당신을 천천히 끌어당겨
품에 안고는
기분 내킬 때
죽일 거야
당신을 품에 안고
피를 쪽쪽 빨아서.

내가 검은 과부한테서 탈출한 건
그녀의 거미줄 안에
수컷들이 많아서였어
그녀가 한 놈을 품다가
다른 놈을 품고 또 다른 놈을
품는 사이
나는 애써 속박을 풀고
빠져나와
전에 있던 데로 갔지.

---

* black widow spider, 짝짓기 후 암컷이 수컷을 잡아먹는 미국 독거미로
독성이 강하다.

she'll miss me —

not my love

but the taste of my blood,

but she's good, she'll find other

blood;

she's so good that I almost miss my death,

but not quite;

I've escaped. I view the other

webs.

그녀는 내가 그리울 거야
내 사랑이 아니라
내 피 맛이.
그래도 멋진 여자니까
다른 피를 찾아내겠지.
꽤 멋진 여자야, 죽음도 불사하고 싶을 만큼
하지만 그뿐이야. 나는 탈출했어.
다른 거미줄이
눈앞에 아른거리는군.

103 degree

she cut my toenails the night before,
and in the morning she said, "I think I'll
just lay here all day."
which meant she wasn't going to work.
she was at my apartment — which meant another
day and another night.
she was a good person
but she had just told me that she wanted to
have a child, wanted marriage, and
it was 103 degrees outside.
when I thought of *another* child and
another marriage
I really began to feel bad.
I had resigned myself to dying alone
In a small room —
now she was trying to reshape my master plan.
besides she always slammed my car door too loud
and ate with her head too close to the table.
this day we had gone to the post office, a department
store and then to a sandwich place for lunch.

화씨 103도*

그녀는 간밤에 내 발톱을 잘라 주고는
아침에 말했다. "나 그냥
종일 여기 누워 있을까 봐."
즉 출근을 안 하겠다는 뜻이었다.
그녀는 내 아파트에 있었다 — 즉
하루 낮 하루 밤을 더 있겠다는 뜻이었다.
그녀는 좋은 사람이었지만
아이를 갖고 싶다고, 결혼하고 싶다고
방금 전 내게 말을 꺼낸 참이었고,
바깥은 103도였다.
또 다른 아이, 또 다른 결혼이라니
생각만 해도
기분이 팍 상하기 시작했다.
작은 방에서 혼자 죽겠노라
이미 다짐까지 한 터인데
그녀는 내 계획을 뜯어고치려 하고 있었다.
게다가 내 차 문을 부서져라 닫질 않나
식탁에 고개를 처박고 밥을 먹질 않나.
오늘은 같이 우체국과 백화점에 들렀다가
점심을 먹으러 샌드위치 가게에 갔었다.

---

* 섭씨 39.4도

I already felt married. driving back in I almost

ran into a Cadillac.

"let's get drunk," I said.

"no, no," she answered, "it's too early."

and then she slammed the car door.

It was still 103 degrees.

when I opened my mail I found my auto insurance

company wanted $76 more.

suddenly she ran into the room and screamed, "LOOK, I'M

TURNING RED! ALL BLOTCHY! WHAT'LL I DO!"

"take a bath," I told her.

I dialed the insurance company long distance and

demanded to know why.

she began screaming and screaming from the

bathtub and I couldn't hear and I said, "just a

moment, please!"

I covered the phone and screamed at her in the bathtub:

"LOOK! I'M ON LONG DISTANCE! HOLD IT DOWN,

FOR CHRIST'S SAKE!"

the insurance people still maintained that I owed them

$76 and would send me a letter explaining why.

I hung up and stretched out on the bed.

이미 결혼한 기분이었다. 차를 몰고 돌아오는 길에
하마터면 어떤 캐딜락과 부딪칠 뻔했다.
"술이나 마시자." 하고 나는 말했다.
"아니, 아니," 그녀가 대꾸했다, "시간이 너무 일러."
그러더니 차 문을 대차게 닫았다.
기온은 여전히 103도.
우편물을 열었더니 자동차 회사에서
보험료를 76달러 더 내라고 했다.
별안간 그녀가 방 안으로 뛰쳐 들어가 소리쳤다, "이거 봐,
피부가 벌겋게 변하고 있어! 얼룩덜룩해! 어떡해!"
"목욕해," 나는 그녀에게 말했다.
나는 보험회사에 장거리 전화를 걸어
해명을 요구했다.
그녀가 욕조에서 비명을 지르고 앓는 소리를 내는 통에
잘 들리지가 않아서 나는 말했다, "저기
잠시만요!"
나는 전화기를 감싸 쥐고 욕조 안의 그녀에게 소리쳤다,
"이봐! 지금 장거리 통화 중이야! 가만히 좀 있어,
제발 쫌!"
보험회사 사람들은 내가 회사에 76달러를 빚졌다고
고집하면서 편지로 이유를 설명해 주겠다고 했다.
나는 전화를 끊고 나서 침대에 널부러졌다.

I was already married, I felt married.

she came out of the bathroom and said, "can I stretch out beside you?"

and I said, "o.k."

in ten minutes her color was normal.

It was because she had taken a niacin tablet.

she remembered that it happened every time.

we stretched out there sweating:

nerves. nobody has soul enough to overcome nerves.

but I couldn't tell her that.

She wanted her baby.

what the fuck.

이미 결혼한 몸, 이미 결혼한 기분이었다.

그녀가 욕실에서 나와 말했다. "나도 쭉 뻗고 누울까,

당신 옆에?"

나는 말했다. "그러든가."

십 분 만에 그녀의 피부색은 말짱해졌다.

원인은 아까 먹은 니아신* 한 알 때문.

그러고 보니 매번 그런다고 했다.

우리는 그렇게 축 늘어져 땀을 흘렸다.

불안했다. 불안을 극복하는 영혼의 소유자가 있을까마는

그녀에게 그런 말은 할 수 없었다.

그녀는 아이를 원했다.

씨펄.

---

* 고지혈증 치료제를 쓰이는 비타민 B3.

cockroach

the cockroach crouched
against the tile
while I was pissing and as
I turned my head
he luuled his butt
into a crack.
I got the can and sprayed
and sprayed and sprayed
and finally the roach came out
and gave me a very dirty look.
then he fell down into
the bathtub and I watched
him dying
with a subtle pleasure
because I paid the rent
and he didn't.
I picked him up with
some greenblue toilet
paper and flushed him
away. that's all there
was to that, except
around Hollywood and

바퀴벌레

오줌을 누고 있는데
바퀴벌레가 타일에
웅크리고 있었다.
내가 고개를 돌렸을 때
놈이 틈새 속으로
엉덩이를 쏙 넣었다.
살충제를 가져와서 뿌리고
뿌리고 뿌리자
마침내 벌레는 밖으로 나와
나를 아주 더럽게 꼬나보았다.
놈은 욕조 안으로
떨어졌고 나는
놈이 죽는 걸
흐뭇하게 지켜보았다.
왜냐, 나는 집세를 냈고
놈은 안 냈거든.
나는 청록색 화장실 휴지로
놈을 집은 뒤
변기 물에 띄워
보내버렸다. 이럴 수밖에
다른 대안은 없다. 할리우드와
서부극 관련자를 제외한

Western we have to
keep doing it.
they say some day that
tribe is going to
inherit the earth
but we're going to
make them wait a
few months.

나머지 우리들은 계속
이래야만 한다.
언젠가는 그들이 자기네 종족이
지구를 접수했다고
선포할 날이 오겠지만
그래도 우리는
단 몇 달이라도
그날을 지연시킬 것이다.

who in the hell is
Tom Jones?

I was shacked with a
24 year old girl from
New York City for
Two weeks — about
the time of the garbage
strike out there, and
one night my 34 year
old woman arrived and
she said, "I want to see
my rival." she did
and then she said, "o,
you're a cute little thing!"
next I knew there was a
screech of wildcats —
such screaming and scratch-
ing, wounded animal moans,

톰 존스*가
대체 누구요?

뉴욕에서 온
스물네 살짜리 여자가
이 주 동안
내 집에 얹혀 산 적이 있다 ─ 그게
쓰레기 파업이
한창일 때였는데
한밤중에 서른네 살 먹은
내 애인이 들이닥쳐서는
말했다, "어디 라이벌 얼굴 좀
보자." 그녀는 뜻대로
하고는 말했다, "어머,
어린 것이 참 귀엽네!"
그러고는 살쾡이들의
앙칼진 비명이 이어졌다 ─
왜 있지 않나, 악다구니, 할퀴
기, 다친 짐승의 신음 소리,

● 18세기 헨리 필딩의 소설 『업둥이 톰 존스 이야기』(1749)의 주인공 톰
존스는 대지주의 집안에서 업둥이로 자란 청년이었는데, 출생의 비밀이
밝혀져 상속자가 되고 사랑하는 여인과 결혼하기까지 끊임없는 싸움과
오해에 휘말리며 화려한 여성 편력을 자랑하였다. 또한 「딜라일라」로
유명했던 1960년대 영국 웨일스 가수 톰 존스도 여성 편력으로 당대 이름을
날렸다.

blood and piss…

I was drunk and in my
short. I tried to
separate them and fell,
wrenched my knee. Then
they were through the screen
door and down the walk
and out in the street.

squadcars full of cops
arrived. A police heli-
copter circled overhead.

I stood in the bathroom
and grinned in the mirror.
it's not often at the age
of 55 that such splendid
things occur.

피와 오줌……

나는 술에 취해서
반바지 차림으로
여자들을 떼어 내려다가 넘어져
무릎을 삐끗했다.
여자들은 방충문을
뚫고 보도를 따라
길거리로 나갔다.

경찰들을 가득 태운 순찰차가
도착했다. 경찰 헬리
콥터가 머리 위를 맴돌았다.

나는 욕실에 서서
거울에 대고 활짝 웃었다.
쉰다섯 살이라는 나이에
이런 끝내주는 사건이
흔한 건 아니니까.

better than the Watts
riots.

the 34 year old
came back in. she had
pissed all over her-
self and her clothing
was torn and she was
followed by 2 cops who
wanted to know why.

pulling up my shorts
I tried to explain.

왓츠 폭동*보다는
낫잖아.

서른네 살짜리가
돌아왔다. 자기 오줌을
뒤집어쓴 데다
옷이 찢긴 꼴로.
경찰 둘이 어찌된
영문인지 알아보려고
뒤따라 들어왔다.

나는 반바지를 추켜올리며
해명에 나섰다.

---

* 1965년 8월 11일 로스앤젤레스 흑인 밀집 거주 지역에서 백인 경관이
음주 운전 혐의가 있는 흑인 청년을 체포하는 과정에서 시비가 붙어 일어난
폭동으로 총 6일간 서른네 명이 숨지고 천여 명이 부상을 입었다.

the worst and the best

in the hospitals and jails
it's the worst
in madhouses
it's the worst
in penthouses
it's the worst
in skid row flophouses
it's the worst
at poetry readings
at rock concerts
at benefits for the disabled
it's the worst
at funerals
it's the worst
at parades
at skating rinks
at sexual orgies
it's the worst
at midnight
at 3 a. m.
at 5:45 p. m.
it's the worst

최악과 최상

병원과 감옥 안
최악
정신병원 안
최악
펜트하우스 안
최악
싸구려 저질 여인숙 안
최악
시 낭송회장
로큰롤 콘서트장
장애인 돕기 행사장
최악
장례식장
최악
퍼레이드 현장
스케이트장
난교 파티장
최악
자정
새벽 3시
오후 5시 45분
최악

falling through the sky
firing squads
that's the best

thinking of india
looking at popcorn stands
watching the bull get the matador
that's the best

boxed lightbulbs
an old dog scratching
peanuts in a celluloid bag
that's the best

spraying roaches
a clean pair of stockings
natural guts defeating natural talent
that's the best

in front of firing squads
throwing crusts to seagulls

하늘에서 떨어지기
총살 집행대
그건 최상

인도를 생각할 때
팝콘 판매대를 쳐다볼 때
황소가 마타도어를 박살 내는 장면
그건 최상

박스 포장된 백열전구
늙은 개가 몸을 긁을 때
플라스틱 가방 안의 땅콩
그건 최상

바퀴벌레한테 약 뿌리기
깨끗한 스타킹 한 벌
타고난 재능을 압도하는 타고난 육감
그건 최상

총살 집행대 앞에 서기
갈매기에게 빵 부스러기 던져 주기

slicing tomatoes
that's the best

rugs with cigarette burns
cracks in sidewalks
waitresses still sane
that's the best

my hands dead
my heart dead
silence
adagio of rocks
the world ablaze
that's the best
for me.

토마토 썰기
그건 최상

담배빵이 난 깔개
쩍쩍 갈라진 보도
제정신인 여종업원
그건 최상

죽어 버린 내 손
죽어 버린 내 심장
침묵
바위들의 아다지오
불타는 세상
그건 최상
내게는.

dog

a single dog

walking alone on a hot sidewalk of

summer

appears to have the power

of ten thousand gods.

why is this?

개

여름날
뜨거운 보도 위를 홀로 걷는
개 한 마리가
신(神)들 수만 명의
힘을 가진 듯 보인다.

이건 뭘까?

trench warfare

sick with the flu
drinking beer
my radio on loud
enough to overcome
the sounds of the
stereo people who
have just moved
into the court
across the way.
asleep or awake
they play their
doors and windows
open.

they are each
18, married, wear
red shoes,
are blonde,
slim.
they play
everything: jazz,
classical, rock,

참호전

지긋지긋한 독감
맥주를 들이키며
라디오를 크게 틀어 본다
건너편 아파트로
얼마 전 이사해 온
뻔하디뻔한 커플의
소음을 삼켜 버리게.
자나 깨나
떠나가라 틀어 놓는
그 집 라디오 소리가
열린
문과 창문으로
쏟아진다.

그들은 둘 다
열여덟 살이고, 결혼했고,
빨간 신발을 신고,
금발에
날씬하다.
그리고 재즈,
클래식, 로큰롤,
컨트리, 모던

country, modern
as long as it is
loud.

this is the problem
of being poor:
we must share each
other's sounds.
last week it was
my turn:
there were two women
in here
fighting each other
and then they
ran up the walk
screaming.
the police came.

now it's their
turn.
now I am walking
up and down in

닥치는 대로 틀어 제낀다
시끄러운 것이면
죄다.

가난하게 살면
이런 게 골치 아파.
서로의 소리를
공유해야 하니까.
지난주에는
내 차례였다.
여자 둘이
들이닥쳐서
싸움을 벌이다가
보도를 따라
달려가며
악다구니를 썼다.
경찰이 출동했다.

이번엔 그들의
차례이다.
지금 나는 이리저리
서성이고 있다,

my dirty shorts,
two rubber earplugs
stuck deep into
my ears.

I even consider
Murder.
such rude little
rabbits!
walking little pieces
of snot!

but in our land
and in our way
there has never
been a chance;
it's only when
things are not
going too badly
for a while
that we forget.

꼬질꼬질한 반바지 바람에
고무 귀마개 두 개로
귀를
틀어막고.

살인 충동이
끓어오른다.
저 무례한
토끼 새끼들!
저 하찮은
조무래기들!

하지만 우리의 땅에서는
우리가 가는 길에는
도무지
기회가
없다.
잠시
한시름 돌렸나 싶으면
그새
잊어버리거든.

someday they'll
each be dead
someday they'll
each have a
separate coffin
and it will be
quiet.

but right now
it's Bob Dylan
Bob Dylan Bob
Dylan all the
way.

언젠가 그들은
각자 죽을 테지
언젠가 그들은
각자 관에
들어갈 것이다.
그때가 되면
조용해지겠지.

하지만 지금 당장은
밥 딜런
줄기차게
밥 딜런 밥
딜런이다.

the crunch

too much
too little

too fat
too thin
or nobody.

laughter or
tears

haters
lovers

strangers with faces like
the backs of
thumb tacks

armies running through
streets of blood
waving winebottles
bayoneting and fucking
virgins.

대립

너무 과하거나
너무 부족하거나

너무 살쪘거나
너무 말랐거나
혹은 하찮다.

웃음 혹은
눈물

미워하는 사람들
사랑하는 사람들

얼굴이
압정 대가리 같은
낯선 이들

피가 흥건한 거리를
활보하며
포도주 병을 흔들고
총검을 휘두르고
처녀들을 따먹는 군대.

or an old guy in a cheap room
with a photograph of M. Monroe.

there is a loneliness in this world so great
that you can see it in the slow movement of
the hands of a clock.

people so tired
mutilated
either by love or no love.

people just are not good to each other
one on one.

the rich are not good to the rich
the poor are not good to the poor.

we are afraid.

Our educational system tells us
that we can all be

혹은 마릴린 먼로의 사진이 있는
싸구려 방 안의 노인.

외로움이 비대한 세상
느릿느릿 가는 시곗바늘에 그것이
보일 정도.

사랑해서 혹은 사랑하지 않아서
사람들은 녹초가 되고
망가진다.

일대일로 서로를 대할 때
사람들은 상대에게 친절하지 않다.

부자는 부자에게 친절하지 않고
빈자는 빈자에게 친절하지 않다.

우리는 두려워한다.

우리의 교육 제도는
우리 모두가

big-ass winners.

It hasn't told us
about the gutters
or the suicides

or the terror of one person
aching in one place
alone

untouched
unspoken to

watering a plant.

people are not good to each other.
people are not good to each other.
people are not good to each other.

I suppose they never will be.
I don't ask them to be.

거만한 승자가 될 수 있다고 가르치면서

시궁창이나
자살에 대해서는
말해 주지 않는다.

손길 한 번 못 받고
말 상대 하나 없이

화분에 물을 주며

한곳에서
홀로 아파하는
한 인간의 공포에 대해서도.

사람들은 서로에게 친절하지 않다.
사람들은 서로에게 친절하지 않다.
사람들은 서로에게 친절하지 않다.

앞으로도 쭉 그럴 테고
친절하라고 부탁할 생각도 없다.

but sometimes I think about
It.

the beads will swing
the clouds will cloud
and the killer will behead the child
like taking a bite out of an ice cream cone.

too much
too little
too fat
too thin
or nobody

more haters than lovers.

people are not good to each other.
perhaps if they were
our deaths would not be so sad.

meanwhile I look at young girls
stems

하지만 나는 때때로 그걸
생각한다.

구슬 목걸이는 여전히 흔들거릴 테고
구름은 여전히 피어오를 테고
살인자는 여전히 아이의 목을 딸 테지
콘 아이스크림을 뭉텅 베어먹듯.

너무 과하거나
너무 부족하거나
너무 살쪘거나
너무 말랐거나
혹은 하찮다.

사랑하는 사람들보다 미워하는 사람들이 더 많다.

사람들은 서로에게 친절하지 않다.
그러지만 않아도
우리의 죽음이 이처럼 슬프지는 않을 텐데.

내내 나는 어린 소녀들을 쳐다본다
기회의 줄기를

flowers of chance.

there must be a way.

surely there must be a way we have not yet
thought of.

who put this brain inside of me?

it cries
it demands
it says that there is a chance.

it will not say
"no."

기회의 꽃을.

분명 길이 있을 것이다.

분명 우리가 아직 생각지 못한
길이 있을 것이다.

누가 내 안에 이런 두뇌를 넣어 놨나?

그것이 울부짖고
요구하고
기회가 있다고 말한다.

"없다"고는
말하지 않겠단다.

a killer

consistency is terrific:
shark-mouth
grubby interior with an
almost perfect body,
long blazing hair —
it confuses me
and others

she runs from man to man
offering endearments

she speaks of love

then breaks each man
to her will

shark-mouthed
grubby interior

we see it too late:
after the cock gets swallowed
the heart follows

어떤 킬러

참 한결같았지,
상어의 입에
속은 추접한데
거의 완벽한 몸매,
길고 현란한 머리카락.
그것에 나도 다른 이들도
깜빡 홀린 거야.

이 남자에서 저 남자로 달리며
사랑의 말을 남발하는 그녀.

그녀는 사랑을 이야기하고는

남자들을 하나씩 무너뜨리지
자기 뜻대로

상어의 입
추접한 속

알았을 땐 이미 늦은 거야
가운뎃다리를 먹혔으니
마음은 절로 따를 수밖에.

her long blazing hair
her almost perfect body
walks down the street
as the same sun
falls upon flowers.

그녀의 길고 현란한 머리카락이
그녀의 거의 완벽한 몸매가
거리를 걸어갈 때
여전한 태양이
꽃들 위로 떨어진다.

the promise

she bent over the side of the bed
and opened the portfolio
along the side of the wall.
we were drinking.
she said, "you promised me these
paintings once, don't you
remember?"
"what? no, no, I don't remember."
"well, you did," she said, "and you
ought to keep your promises."
"leave those fucking paintings alone,"
I said.
then I walked into the kitchen for
a beer. I paused to vomit
and when I came out
I saw her through my window
going down the court walk
toward her place in back.
she was trying to hurry
and balanced on top of her head
were 40 paintings:
oils

약속

그녀가 침대 옆으로 몸을 숙여
옆쪽 벽에 놓인
화첩을 열었어.
우리는 술을 마시는 중이었지.
그녀가 말했어, "전에 이 그림들
나한테 준다고 약속했잖아,
기억 안 나?"
"뭐? 아니, 아니, 기억 안 나."
"에이, 그랬어, 약속을
했으면 지켜야지."
"씨펄, 그림 건드리지 마,"
그렇게 말하고는
맥주를 가지러 부엌에
들어갔다가 잠시 구역질을 한 뒤
나가 보니
창밖으로 그녀가 보였어.
그녀는 아파트 샛길을 따라
뒤편 자기 집으로 가고 있었는데
그림 마흔 점을
머리에 이고
아슬아슬 걸음을 재촉하더군.
유화

black and whites
acrylics
water colors.
she stumbled once and almost
fell on her ass,
then she ran up her steps
and was gone through her door
to her place upstairs
running with all those paintings
on top of her head.
It was one of the funniest damned
things I ever did see.
well, I guess I'll just have to
paint 40 more.

펜화
아크릴화
수채화.
한 번 발을 헛딛고
엉덩방아를 찧을 뻔하더니
계단을 뛰어올라
현관문을 통과한 뒤
위층 자기 집을 향해
머리에 그 그림들을
몽땅 이고 뛰어가는 꼴이란.
살다 살다 그렇게 웃긴 광경은
처음이었어.
에이, 그림 마흔 점
더 그려야겠네.

the retreat

this time has finished me.

I feel like the German troops
whipped by snow and the communists
walking bent
with newspapers stuffed into
worn boots.

my plight is just as terrible.
maybe more so.

victory was so close
victory was there.

as she stood before my mirror
younger and more beautiful than
any woman I had ever known
combing yards and yards of red hair
as I watched her.

and when she came to bed
she was more beautiful than ever

후퇴

이제 나는 끝났다.

눈발에 얻어맞은
녹일 군대, 닳아빠진 군화에
신문지를 쑤셔 넣고 구부정히
걸어갔던 공산주의자들이
이런 심정이었을까.

나의 고난은 그만큼 지독하다.
아니 더할지도.

승리가 코앞이었건만
승리가 거기 있었건만.

내가 아는 어느 여자보다
더 싱싱하고 더 아름다운 그녀가
내 거울 앞에 서서
길디긴 빨간 머리를 빗어 내렸고
나는 그걸 지켜보았지.

어느 때보다 아름다운 모습으로
그녀가 내 침대로 왔을 때

and the love was very very good.

eleven months.

now she's gone
gone as they go.

this time has finished me.

it's a long road back
and back to where?

the guy ahead of me
falls.

I step over him.

did she get him too?

사랑은 달디달았다.

열한 달.

이제 그녀는 가고 없다
그들처럼 가고 없다.

이제 나는 끝난 거야.

돌아갈 길은 길고 긴데
어디로 돌아가나?

내 앞의 사내가
쓰러진다.

나는 그를 넘어간다.

이놈도 그녀에게 당했을까?

the bee

I suppose like any other boy
I had one best friend in the neighborhood.
his name was Eugene and he was bigger
than I was and one year older.
Eugene used to whip me pretty good.
we fought all the time.
I kept trying him but without much

once we leaped off a garage roof together
to prove our guts.
I twisted my ankle and he came up clean
as freshly-wrapped butter.

I guess the only good thing he ever did for me
was when the bee stung me while I was barefoot
and while I sat down and pulled the stinger out
he said,
"I'll get the son of a bitch!"

and he did
with a tennis racket
plus a rubber hammer.

벌

나는 또래 녀석들과 별반 다르지 않았어.
동네에 절친한 친구 놈이 하나 있었는데
유진이라는 놈이었어, 나보다도
한 학년 위 놈들보다도 덩치가 더 컸지.
유진은 나를 흠씬 두들겨 패곤 했어.
우리는 노상 싸웠어.
나는 계속 놈을 도발했지만 별 성과는 없었지.

차고 지붕에서 같이 뛰어내린 적이 있었어
배짱을 시험해 보려고.
나는 발목을 삐었지만 녀석은 갓 포장한 버터처럼
아주 말짱한 상태로 일어나더군.

녀석이 내게 잘해 준 건 딱 한 번
내가 맨발로 있다가 벌에 쏘였을 때였어
내가 앉아서 벌의 침을 빼냈을 때
녀석이 말했어,
"내가 그 개새끼를 혼내 줄게!"

녀석은 정말 그렇게 했어
테니스 채랑
고무망치를 가지고.

It was all right
they say they die
anyway.

my foot swelled up double-size
and i stayed in bed
praying for death

and Eugene went on to become an
Admiral or a Commander
or something large in the United States Navy
and he passed through one or two wars
without injury.

I imagine him an old man now
in a rocking chair
with his false teeth
and glass of buttermilk ...

while drunk
I fingerfuck this 19 year old groupie

나쁜 짓은 아니었어
어차피 그런 경우 벌은
죽는다니까 말이야.

내 발은 퉁퉁 부어 두 배가 됐고
나는 차라리 죽기를 바라며
침대에 누워 지냈어.

유진은 그렇게 자라
해군 사령관인지 뭔지
미 해군에서 거물이 되더니
부상 한 번 없이
두 번의 전쟁을 치렀지.

이제 녀석은 늙어서
흔들의자에 앉아 있겠네
의치를 끼고
버터우유를 들고……

지금 나는 술에 취해
침대에서 같이 누운

In bed with me.

but the worst part is
(like jumping off the garage roof)
Eugene wins again
because he's not even thinking
about me.

열아홉 살짜리 소녀팬을 손가락으로 따먹고 있는데.

그런데 최악은 뭐냐면
(자고 지붕에서 뛰어내렸을 때처럼)
유진이 또 이겼다는 거야
그놈은 나를 생각조차
안 할 테니까.

a lovely couple

I had to take a shit
but instead I went
into this shop to
have a key made.
the woman was dressed
in gingham and smelled
like a muskrat.
"Ralph," she hollered
and an old swine in a
flowered shirt and
size 6 shoes, her
husband, came out and
she said, "this man
wants a key."
he started grinding
as if he really didn't
want to.
there were slinking
shadows and urine

사랑스러운 커플

나는 뒤가 급했지만
열쇠를 하나 만들려고
그 가게에
들어갔다.
깅엄* 옷을 입은
가게 여자한테서
사향쥐 냄새가 났다.
"랄프," 하고 여자가 외치자
그녀의 남편이 나왔는데
꽃무늬 옷에
6치수짜리 신발을 신은**
늙다리였다.
여자가 말했나, "이분이
열쇠 하나 만들어 달래."
남자는 그라인딩 작업을
시작했는데 마지못해
하는 티가 역력했다.
그림자들이 어른거리고
오줌 냄새가

---

* 흰색과 진한 색깔이 작은 격자 무늬로 반복되는 체크 무늬 면직물.
** 미국 신발 치수 6은 235밀리미터 정도로 보통 여자 치수에 해당된다.

in the air.
I moved along the
glass counter,
pointed and called
to her,
"here, I want this
one."
she handed it to
me: a switchblade
in a light purple
case.
$6.50 plus tax.
the key cost
practically
nothing.
I got my change and
walked out on
the street.
sometimes you need
people like that.

공중을 맴돌았다.
나는 유리 진열대를
따라 움직이다가
손짓하며 여자에게
외쳤다,
"여기, 이거
주시오."
여자는 그걸 내게
건넸다. 연보라색
갑에 담긴
스위치나이프*였다.
세금 포함 6.50달러.
열쇠 값은
사실상
공짜나 다름없었다.
나는 거스름돈을 받고
거리로
걸어 나갔다.
가끔 우리에겐
이런 사람들이 필요하다.

---

* 스위치를 누르면 튀어나오는 칼.

love is a dog from hell

feet of cheese

coffeepot soul

hands that hate poolsticks

eyes like paperclips

I prefer red wine

I am bored on airliners

I am docile during earthquakes

I am sleepy at funerals

I puke at parades

and am sacrificial at chess

and cunt and caring

I smell urine in churches

I can no longer read

I can no longer sleep

eyes like paperclips

my green eyes

I prefer white wine

my box of rubbers is getting

stale

I take them out

사랑은 지옥에서 온 개

치즈 발
커피포트 영혼
당구를 싫어하는 손
클럽을 닮은 눈
나는 적포도주를 좋아한다
비행기 안에서 지루해 하고
지진이 일어날 때 유순해지고
장례식에 가면 졸리고
퍼레이드에서 토하고
체스 게임에
씹에 보살핌에 껌뻑 죽는다.
나는 교회에서 오줌 냄새를 맡는다
나는 더 이상 책을 읽을 수가 없다
나는 더 이상 잠을 잘 수가 없다

클럽을 닮은 눈
나의 초록빛 눈
나는 백포도주를 좋아한다

내 콘돔 상자는
말라비틀어질 지경
나는 그것들을 꺼낸다

Trojan-Enz

lubricated

for greater sensitivity

I take them out

and put three of them on

the walls of my bedroom are blue

Linda where did you go?

Katherine where did you go?

(and Nina went to England)

I have toenail clippers

and Windex glass cleaner

green eyes

blue bedroom

bright machinegun sun

this whole thing is like a seal

트로전앤츠*
성감 상승을 위해
윤활유가 발린 것
나는 그것들을 꺼내
세 개를 끼워 본다

내 침실 벽은 블루

린다 당신 어디 갔어?
캐서린 당신 어디 갔어?
(니나는 영국에 갔다.)

발톱깎이랑
윈덱스 세정제**도 마련해 놨건만
초록빛 눈
파란 침실
찬란한 기관총 태양

이 모든 게

---

* 콘돔 브랜드.
** 유리 세정제 브랜드.

caught on oil rocks
and circled by the Long Beach Marching Band
at 3:36 p.m.

there is a ticking behind me
but no clock
I feel something crawling along
the left side of my nose:
memories of airliners

my mother had false teeth
my father had false teeth
and every Saturday of their lives
they took up all the rugs in their house
waxed the hardwood floors
and covered them with rugs again

and Nina is in England
and Irene is on ATD
and I take my green eyes
and lay down in my blue bedroom.

기름 바위에 갇힌 물개 신세
오후 3시 36분에
롱비치 악대에 둘러싸인 처지

뒤에서 째깍째깍 소리는 나는데
시계는 없구나
코 왼쪽으로
뭔가 기어가는 느낌이야
비행기의 기억은

의치를 한 어머니와
의치를 한 아버지는
평생 토요일마다
집 안의 깔개를 죄다 들어내고
견목 마룻바닥에 왁스 칠을 하고는
깔개를 도로 덮었지

니나는 영국에 있다
아이린은 항우울제를 복용한다
나는 나의 초록빛 눈알을 꺼내
나의 파란 침실 안에 내려놓는다.

"그때 내게는 두 가지 길이 있었다. 우체국에 남아 미쳐 가느냐,
아니면 그곳을 빠져나와 작가로 살면서 굶주리느냐.
나는 굶주리는 쪽을 선택했다."

진술함으로 일관했을 뿐

황소연

찰스 부코스키는 현대 도시인의 비행과 미국 사회의 밑바닥을 그려 낸 시인이자 소설가이다. 1986년《타임》은 부코스키를 가리켜 '하층민을 대표하는 시인'이라고 평했으며, 시인 겸 평론가 애덤 커쉬(Adam Kirsch)는 '시인의 친근한 고백과 싸구려 통속 소설의 허세를 결합시키는 것이 부코스키의 신비한 매력'이라고 찬사를 아끼지 않았다.

부코스키 문학을 이야기할 때 빼놓을 수 없는 것이 작가의 양식화된 또 다른 자아 헨리 치나스키(Henry Chinaski)다. 헨리 치나스키는 부코스키의 일생과 그의 문학을 잇는 가교자로서 충실히 복무하며 그의 전 작품에 일관되게 등장하는 인물이다.

부코스키는 1920년 독일의 안더나흐에서 미국인 아버지와 독일인 어머니 사이에서 출생했다. 그 후 가족들과 함께 로스앤젤레스에 정착해 성장했다. 부코스키는 자전적 소설 『호밀빵 햄 샌드위치(Ham on Rye)』에서 아버지가 어머니의 묵인 아래 사소한 일을 빌미로 자신의 몸과 마음을 자주 학대했다고 밝힌 바 있다. 수줍고 숫기 없던 어린 시절, 동네 아이들은 부코스키의 독일식 말투와 그의 부모님이 만들어 입힌 옷을 촌스럽다며 놀려 댔다. 여섯 살부터 열한 살까지는 아버지에게 면도칼 가는 가죽 띠로 매주 세 번씩 맞아야 했다. 부코스키는 이것이 무가치한 고통을 이해하는 계기가 됐으며 훗날 글을 쓰는 데 여러 가지로 도움이 됐다고 언급했다. 아버지에 대한 분노와 혐오는 여러 시에 노골적으로 드러나 있다.

부코스키는 1944년 스물네 살 때 첫 단편을 잡지에 발표했지만 이렇다 할 주목을 받지 못했다. 이후 오랫동안 하급 노동자와 우체국 직원으로 일하면서 틈틈이 시와 칼럼을 작은 문학 잡지와 신문에 발표했다. 1969년 그의 나이 마흔아홉 살 때 비로소 군소 출판사 '블랙 스패로 프레스'의 제안을 받아들여 우체국 일을 그만두고 본격적으로 전업 작가의 길을 걷게 된다. 부코스키는 당시를 회고하며 이렇게 말했다. "그때 내게는 두 가지 길이 있었다. 우체국에 남아 미쳐 가느냐, 아니면 그곳을 빠져나와 작가로 살면서 굶주리느냐. 나는 굶주리는 쪽을 선택했다."

이후 부코스키는 1994년 3월 9일 캘리포니아 산페드로에서 백혈병으로 사망할 때까지(향년 73세) 평생 예순 권이 넘는 소설과 시집, 단편소설, 논픽션을 발표했다. 그중에서 특히 시집은 사후 출간된 것까지 포함해 총 서른세 권에 이를 정도로 부코스키의 작품 세계에서 지배적 위치를 차지하고 있다.

부코스키가 처음 시를 쓴 것은 서른다섯 살 때였다. 그는 심각한 궤양으로 죽음의 문턱에서 생환한 뒤 시를 쓰기 시작했다. 첫 아내와의 이혼, 진심으로 사랑했던 여인의 죽음을 맞이했을 때 찢긴 마음을 시로 쏟아냈고, 문필 활동 내내 많은 군소 출판사들을 통해 꾸준히 시를 발표했다.

첫 시집『꽃, 주먹, 그리고 짐승의 흐느낌(Flower, Fist, and Bestial Wail)』(1960)은 "황량하고 버려진 세상에 대한 인상"을 다루고 있다. 이후 발표한 주요 시집으로는『사랑은 지옥에서 온 개(Love Is a Dog from Hell)』(1977),『그게 다 외로워서 그런 거라네(You Get So Alone at Times That It Just Makes Sense)』(1986),『지구에서 보내는 마지막 밤의 시(The Last Night of the Earth Poems)』(1992),『중요한 것은 불길 속을 얼마나 잘 걷느냐(What Matters Most Is How Well You Walk Through the Fire)』(1999),『저주 받은 자의 즐거움(The Pleasures of the Damned)』(2007) 등이 있다. 부코스키 시의 스타일은 꼬장꼬장하고 냉정한 목소리, 은유의 배제, 생생한 일화가 만들어 내는 드라마틱한 효과라고 할 수 있다.

부코스키는 술고래로 유명했다. 그에게 술은 평생의 동반자였다. 또한 숱한 여자들과의 연애와 일회성 밀회, 경마를 즐겼는데, 그 경험은 그의 소설과 시에 마르지 않는 소재가 되었다. 그는 체험과 감성, 상상력에 의지해 직설적 언어와 폭력적이고 성적인 환상을 도구로 창작에 임했다. 그의 작품에 반복적으로 등장하는 섹스, 알코올 남용, 폭력에 대해서는 불쾌하다는 반응과 '마초이즘(Machoism)'의 풍자라는 정반대의 평가가 엇갈리고 있다.

하지만 시인 본인은 자신을 포장하려 하거나 변명하지 않았다. 그저 잃을 게 없으니 두려움도 없다는 진솔함으로 일관했을 뿐이다. 어쩌면 그 점이 부코스키가 다른 소설가나 시인과 가장 뚜렷이 구분되는 지점일 것이다.

세계시인선 12   사랑은 지옥에서 온 개

1판 1쇄 펴냄 2016년 5월 19일
1판 7쇄 펴냄 2024년 1월 24일

지은이   찰스 부코스키
옮긴이   황소연
발행인   박근섭, 박상준
펴낸곳   (주)민음사

출판등록   1966. 5. 19. (제16-490호)
주소   서울시 강남구 도산대로1길 62
           강남출판문화센터 5층 (06027)
대표전화   02-515-2000   팩시밀리 02-515-2007

www.minumsa.com

ISBN 978-89-374-7512-2 (04800)
      978-89-374-7500-9 (세트)

* 잘못 만들어진 책은 구입처에서 교환해 드립니다.